DE LETRA EM LETRA

Série
Eu sei de cor

Bartolomeu Campos de Queirós

DE LETRA EM LETRA

Ilustrações **Cláudia Scatamacchia**

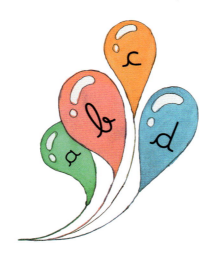

São Paulo
2022

© Jefferson L. Alves e Richard A. Alves, 2022
1ª Edição, Moderna, 2004
2ª Edição, Global Editora, São Paulo 2022

Jefferson L. Alves – diretor editorial
Flávio Samuel – gerente de produção
Juliana Tomasello – coordenadora editorial
Jefferson Campos – assistente de produção
Giovana Sobral – revisão
Cláudia Scatamacchia – ilustrações
Fabio Augusto Ramos – projeto gráfico
Bruna Casaroti – diagramação

Dados Internacionais de Catalogação na Publicação (CIP)
(Câmara Brasileira do Livro, SP, Brasil)

Queirós, Bartolomeu Campos de, 1944-2012
   De letra em letra / Bartolomeu Campos de Queirós ;
ilustrações de Cláudia Scatamacchia. – 2. ed. –
São Paulo : Global Editora, 2022. – (Eu sei de cor)

   ISBN 978-65-5612-351-6

   1. Poesia - Literatura infantojuvenil
I. Scatamacchia, Cláudia. II. Título. III. Série.

22-121719   CDD-028.5

Índices para catálogo sistemático:

1. Poesia : Literatura infantil 028.5
2. Poesia : Literatura infantojuvenil 028.5

Cibele Maria Dias - Bibliotecária - CRB-8/9427

Obra atualizada conforme o
NOVO ACORDO ORTOGRÁFICO DA LÍNGUA PORTUGUESA

Global Editora e Distribuidora Ltda.
Rua Pirapitingui, 111 – Liberdade
CEP 01508-020 – São Paulo – SP
Tel.: (11) 3277-7999
e-mail: global@globaleditora.com.br

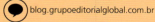

 Direitos reservados.
Colabore com a produção científica e cultural.
Proibida a reprodução total ou parcial desta
obra sem a autorização do editor.

Nº de Catálogo: **4523**

COM A

Alice ABRAÇA AVE, ÁGUA, AMORA.
ALICE APRECIA ASAS E AVES
ADORA AZUIS E ÁGUAS
AMA AMORAS E ÁRVORES.

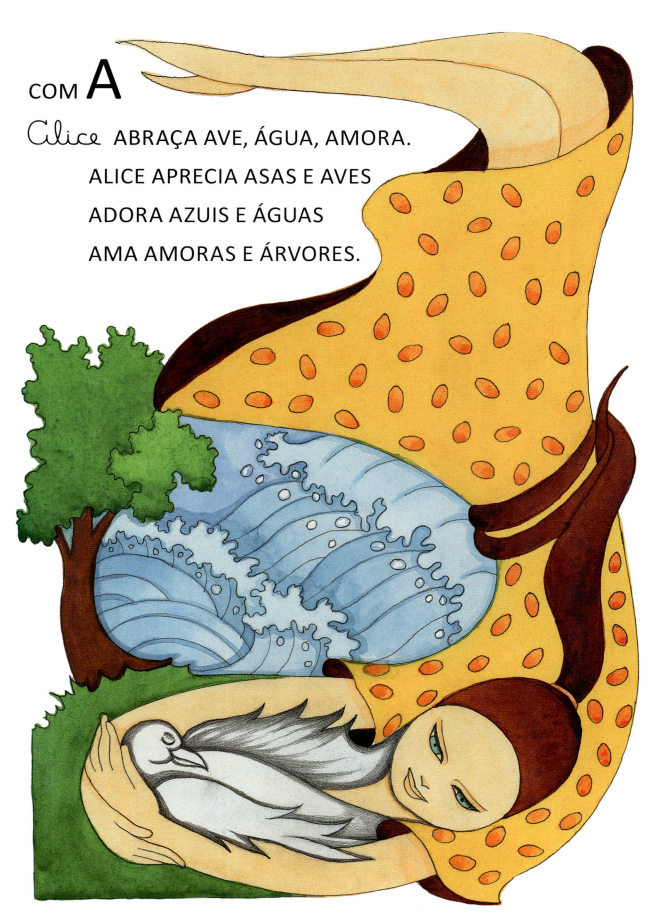

COM **B**

Beatriz BORDA BOSQUE, BALÃO, BORBOLETA.
BEATRIZ BRINCA EM BONITOS BOSQUES
COM BRILHOS DE BALÕES
E BELAS BORBOLETAS BRANCAS.

COM C

Carlos COLECIONA CASA, CAMINHO, CRAVO. NO CADERNO, CARLOS COLORE COM CARINHO A CASA E OS CAMINHOS COBERTOS DE CRAVOS.

COM D

Daniel DESENHA DRAGÃO, DINOSSAURO, DROMEDÁRIO.
NO DIÁRIO DE DANIEL
OS DENTES DO DRAGÃO
DEVORAM O DINOSSAURO
E DOMINAM O DROMEDÁRIO.

COM E

Eugênia ESCREVE ESPUMA, ESCADA, ESTRELA.
ENTRE ESPANTO E ESPUMA,
EUGÊNIA ESCALA A ESCADA
E ENCOSTA EM ESTRELAS.

COM **F**

Fernando FACILITA FLOR, FRUTO, FLORESTA.
FERNANDO É FILHO DA FORTUNA.
É FRUTO E FLOR FLORINDO A FLORESTA.

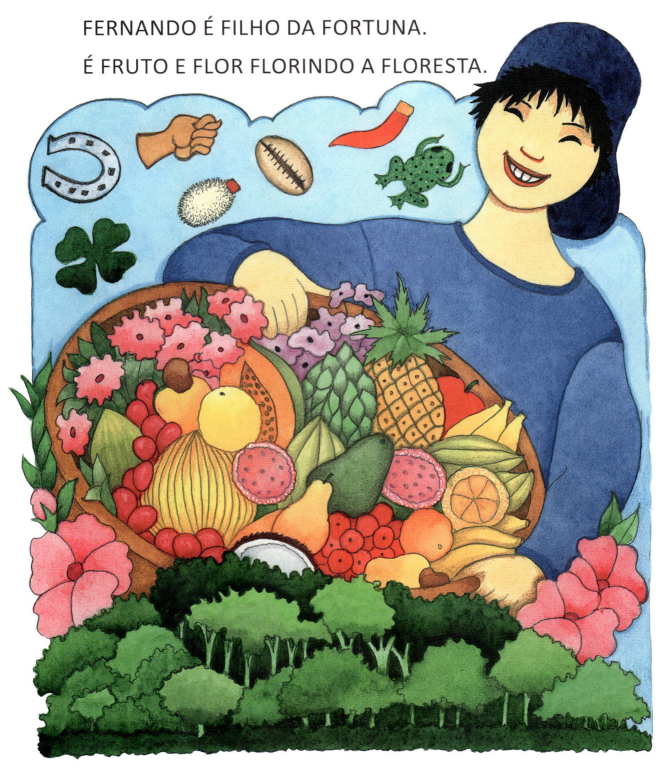

COM G

Gabriel GOSTA DE GRILO, GATO, GAIVOTA.
GABRIEL GUARDA NA GAVETA
O GRILO GAGO,
O GATO GAIATO
E A GAIVOTA GAGÁ.

COM **H**

Helena HERDA HORTÊNSIA, HORTELÃ, HERA.
A HORTA DE HELENA É HOTEL.
HOJE HOSPEDA
HORTÊNSIA, HORTELÃ, HERA.

COM I

Ivana INVENTA ILHA, IGREJA, IPÊ.
IVANA, IRMÃ DE ÍRIS,
ILUSTRA E ILUMINA A ILHA
COM IGREJA E INFINITOS IPÊS.

COM J

Juliana JUNTA JABUTI, JACARÉ, JARARACA.
NO JARDIM DE JULIANA
O JACARÉ JOGA COM O JABUTI
E JANTA JACA COM A JARARACA.

COM L

Luzia LÊ LIVRO, LUZ, LUAR.
À LUZ DO LUAR
LUZIA LÊ O LIVRO DE LILI
EM LARGA LIBERDADE.

COM M

Mário MERGULHA EM MAR, MONTANHA, MUNDO.
MÁRIO, MENINO MARINHEIRO,
MOSTRA A MARIA
O MUNDO COM MARES E MONTANHAS.

com N

Natália namora navio, nuvem, norte.
O navio de Natália
navega em nuvens negras
para as nações do norte.

COM O

Otávio OLHA OCEANO, ONDA, OSTRA.
O OLHAR DE OTÁVIO É DE OURO:
OUVE A ORAÇÃO DOS OCEANOS,
O ONDULAR DAS ONDAS E A ORIGEM DAS OSTRAS.

COM P

Pedro PROCURA PEDRA, PEIXE, PÁSSARO.

O POETA PEDRO

PERGUNTA ÀS PEDRAS

PELOS PODEROSOS PEIXES

E PELOS POSSANTES PÁSSAROS.

COM Q

Quirino QUER QUEIJO, QUINDIM, QUEIJADA. QUIRINO, QUERIDO QUITANDEIRO, QUEBRA O QUEIXO COM QUEIJO QUINDIM E QUEIJADA.

COM R

Rômulo RECORDA RIO, RUMO, REI.
RÔMULO REMA
RUMO AO REINO DO REI,
ROLANDO RISONHO PELO RIO.

COM S

Sílvia SONHA SEMENTE, SAUDADE, SERTÃO.
SÍLVIA SEMPRE SABE
DO SEGREDO DAS SEMENTES
E DAS SAUDADES DO SERENO
DO SERTÃO.

COM T

Tereza TRAÇA TRAPÉZIO, TAMBOR, TEATRO.
TEREZA É TECELÃ, TOCA TAMBOR
E POR TABELA TRABALHA
NO TRAPÉZIO DO TEATRO.

COM U

Ubaldo UNE URSO, UNIFORME, UIRAPURU.
UBALDO, UNHA DE FOME,
É O ÚNICO URSO DE UNIFORME
QUE USA URRAR PARA O UIRAPURU.

com V

Valério vigia vaca, vaga-lume, vampiro.
Valério visita o vampiro voador,
vê a vaca Vitória
e vaia o vaga-lume vagabundo.

COM X

Xisto XERETA XAROPE, XÍCARA, XINXIM.
XISTO XINGA O XINXIM DE XAROPE
E XERETA UM XÉROX
DA XILOGRAVURA DA XÍCARA.

27

COM Z

Zaíra ZELA ZEBRA, ZEBU, ZANGÃO.
NO ZOOLÓGICO DE ZAÍRA
A ZEBRA ZANZA,
O ZEBU É ZONZO
E O ZANGÃO É ZANGADO.

A B C D E
F G H I J K
L M N O P
Q R S T U
V W X Y Z

    Estas estórias que Bartolomeu inventou brincando com nomes e palavras viraram livro em 2004. Naquela época, as letras K, W e Y já eram velhas conhecidas, mas ainda não faziam parte oficialmente do nosso idioma. Por conta disso, Bartolomeu não as trouxe para brincar. Elas só entraram mesmo para a turma do nosso ABC um pouco depois, em 2008, quando o novo acordo ortográfico da língua portuguesa de 1990 passou a valer aqui.

    Agora que elas chegaram para ficar, olhem essas três aí prontinhas para nos ajudar a ler o mundo!

CLÁUDIA SCATAMACCHIA

Cláudia Scatamacchia é paulistana e neta de imigrantes italianos que vieram para o Brasil no início do século XX. Eram "um escultor, um sapateiro e duas costureiras, ofícios que exigem habilidade manual, disciplina, criatividade e muita persistência. Herança que uniu meus pais e chegou a mim na forma de paixão e ofício, o desenho". Estudou Comunicação Visual e produziu quase tudo na área. Ilustra livros e matérias para jornais e revistas, criando imagens que ampliam o prazer de ler. "Gosto de desenhar. De reinventar a linha, revigorar o traço, perseguir as sombras, buscar as luzes e saborear as cores."

BARTOLOMEU CAMPOS DE QUEIRÓS

Nasceu em 1944 no centro-oeste mineiro, passou sua infância em Papagaio, "cidade com gosto de laranja-serra-d'água", antes de se instalar em Belo Horizonte, onde dedicou seu tempo a ler e escrever prosa, poesia e ensaios sobre literatura, educação e filosofia. Considerava-se um andarilho, conhecendo e apreciando cores, cheiros, sabores e sentidos por onde passava. Bartolomeu só fazia o que gostava, não cumpria compromissos sociais nem tarefas que não lhe pareciam substanciais. "Um dia faço-me cigano, no outro voo com os pássaros, no terceiro sou cavaleiro das sete luas para num quarto desejar-me marinheiro."

Traduzido em diversas línguas, Bartolomeu recebeu significativos prêmios, nacionais e internacionais, tendo feito parte do Movimento por um Brasil Literário. Faleceu em 2012, deixando sua obra com mais de 60 títulos publicados como maior legado. Sua obra completa passa a ser publicada pela Global Editora, que assim fortalece a contribuição deste importante autor para a literatura brasileira.